文 **劉清彥**（阿達叔叔）

三歲時腳被熱水燙傷，在音樂中獲得平撫和安慰，從此離不開音樂。長大後常常流連劇院欣賞音樂表演，還收集了一屋子唱片。目前除了創作和翻譯童書，也在電視臺主持兒童閱讀節目，得過豐子愷圖畫書獎、開卷年度好書獎和三座金鐘獎。

圖 **唐唐**

本名唐壽南，以唐唐為筆名發表繪本《短耳兔》系列風靡大小讀者，受到熱烈歡迎並售出日本、韓國、泰國、土耳其等多國版權。
曾入選加泰隆尼亞插畫雙年展 、金蝶獎插畫類榮譽獎及亞洲繪本原畫雙年展榮譽獎，多次獲選為義大利波隆那兒童書展臺灣館推薦插畫家。也從事藝術創作，作品廣受私人及美術館收藏。

國家圖書館出版品預行編目資料

小歌手與玫瑰花/劉清彥文；唐唐圖.
臺北市：親子天下股份有限公司,
2021.08
36面； 21x26公分
注音版
ISBN 978-626-305-030-3(精裝)
863.599 110008988

繪本 0277

小歌手與玫瑰花

文｜劉清彥 圖｜唐唐 附錄插畫｜李小逸

責任編輯｜陳毓書 書末附錄「名人小漫畫」責編｜李寧紜
美術設計｜唐壽南 書末附錄設計｜王薏雯 行銷企劃｜王予農
發行人｜殷允芃 創辦人兼執行長｜何琦瑜 副總經理｜林彥傑 總監｜黃雅妮
版權專員｜何晨瑋、黃微真

出版者｜親子天下股份有限公司
地址｜台北市 104 建國北路一段 96 號 4 樓
電話｜（02）2509-2800 傳真｜（02）2509-2462
網址｜ www.parenting.com.tw
讀者服務專線｜（02）2662-0332 週一～週五 09:00 ～ 17:30
傳真｜（02）2662-6048 客服信箱｜ bill@cw.com.tw
法律顧問｜台英國際商務法律事務所・羅明通律師
製版印刷｜中原造像股份有限公司
總經銷｜大和圖書有限公司 電話｜（02）8990-2588

出版日期｜ 2021 年 8 月第一次印行
定價｜ 320 元 書號｜ BKKP0277P
ISBN ｜ 978-626-305-030-3（精裝）

訂購服務
親子天下 Shopping ｜ shopping.parenting.com.tw
海外・大量訂購｜ parenting@ cw.com.tw
書香花園｜台北市建國北路二段 6 巷 11 號 電話｜（02）2506-1635
劃撥帳號｜ 50331356 親子天下股份有限公司

立即購買 >

有聲故事書

小歌手與玫瑰花

文 劉清彥　圖 唐唐

告別了最疼愛他的爺爺，

魯迪決定離開從小生長的地方，

去尋找自己的夢想。

走過草原，躍過溪流，
穿越樹林，
微風擦乾他的眼淚。
花香讓他的嘴角
漸漸上揚。
鳥兒的歌聲，
也讓他高高抬起頭來。

背著爺爺留給他的吉他，
魯迪來到一個小村莊。

魯迪坐在井邊，
輕輕撥弦，
唱起爺爺教他的那首歌：

「一朵小小玫瑰花，
角落裡的玫瑰。
默默綻放她蓓蕾，
蝴蝶翩翩來相陪，
蜜蜂嗡嗡訴心事——
玫瑰、玫瑰、小玫瑰，
角落裡的玫瑰……」

「你願意唱給我媽媽聽嗎？」有個女孩小小聲說。「她生病了。」
魯迪點點頭。

魯迪的歌聲擦乾了女孩和媽媽的眼淚，原本陰暗的小房子，也變得明亮起來。

「你明天還會來嗎？」女孩問。

「我得走了，」魯迪說。

「我要去尋找自己的夢想。」

魯迪邊走邊唱，只要聽見他的歌聲，
人們就會圍著他又唱又跳。
就連蹲在街角的老乞丐，
也跟著一起輕聲唱和。

走了好多天，魯迪來到一座大城市。
「也許，我的夢想就在這裡。」
他對自己說。

他坐在廣場的噴水池旁，
抱著吉他，
輕輕撥弦，
唱起爺爺教他的那首歌：

「玫瑰羨慕瓶中花，
角落裡的玫瑰。
希望有人採下她，
插在瓶中欣賞她的美，
受到眾人讚美——
玫瑰、玫瑰、小玫瑰，
角落裡的玫瑰……」

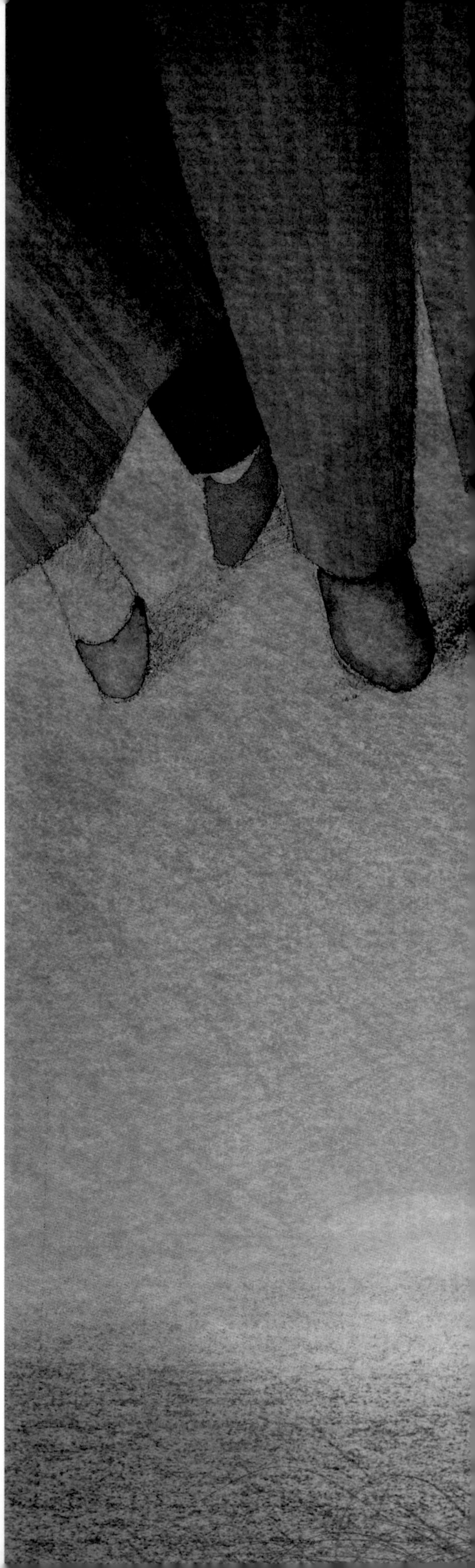

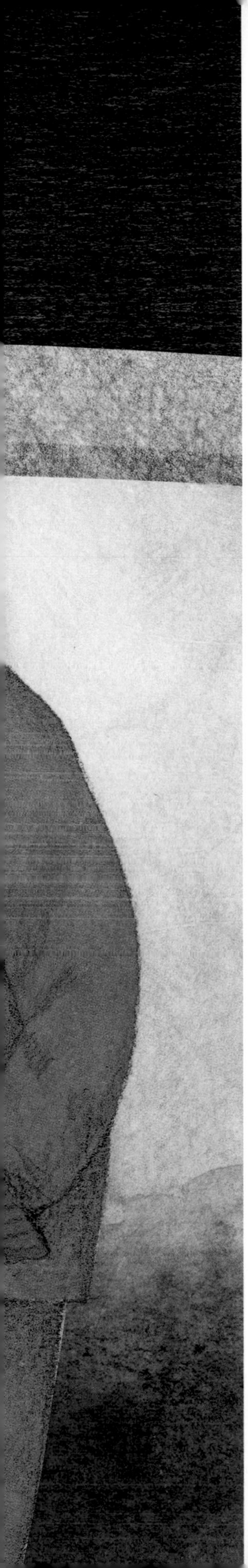

廣場上響起熱烈掌聲，
鎂光燈也閃個不停。
有個人走向前問他：
「你願意唱給更多人聽嗎？」
魯迪點點頭。

臺上的燈光，讓他差點兒睜不開眼睛，
臺下一片黑鴉鴉，什麼也看不清楚。
他輕輕撥弦，唱起爺爺教他的那首歌：

「主人剪下這花蕊，角落裡的玫瑰。
瓶中花朵爭相美，小小玫瑰好卑微，
只等漸漸枯萎——
玫瑰、玫瑰、小玫瑰，角落裡的玫瑰……」

「我終於找到夢想了。」魯迪對自己說。

四面八方的邀約像雪片般飛來。
魯迪每天往來不同的城市，
登上大大小小的舞臺。

他覺得自己像個懸絲偶，
被帶去不同的地方，
要求唱各式各樣的歌，
不管他喜不喜歡。
他覺得好累、好累。

有天晚上，
魯迪要在全國最大的音樂廳表演。
音樂廳裡坐滿了人，
大家都伸長了脖子。

16
20-18

可是，魯迪遲遲沒有出現……

魯迪不知道自己該怎麼辦？
他喜歡唱歌，卻不想再表演了。
他想起爺爺，也想起爺爺教他的那首歌。

「一朵小小玫瑰花，角落裡的玫瑰……」

他輕輕彈唱時，一朵小小的玫瑰花，
飄落到他的腳邊。
「謝謝你，」陽臺上的女孩對他說：
「你的歌聲，擦乾了我和奶奶的淚水。」
魯迪仰起頭，靜靜的看著那個女孩。

他沉默了好久好久，
腦中浮現出好多好多畫面……
突然，魯迪背起吉他，拔腿就跑。

他回到那個小村莊，
站在女孩的家門前，
輕輕撥弦，唱起爺爺教他的那首歌：

「一朵小小玫瑰花，角落裡的玫瑰。
默默綻放她蓓蕾，蝴蝶翩翩來相陪，
蜜蜂嗡嗡訴心事——
玫瑰、玫瑰、小玫瑰，
角落裡的玫瑰……」

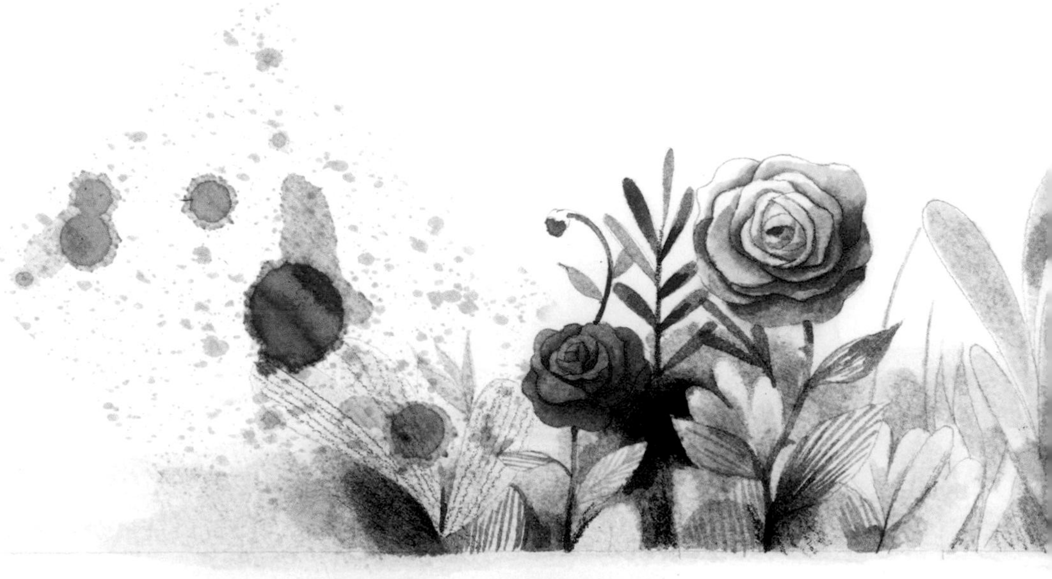

阿達叔叔說

音樂小故事

阿達叔叔國小時在合唱團唱過的歌，到現在還能琅琅上口的，大概只有《野玫瑰》這首歌了。小時候喜歡唱，是因為覺得這首歌的旋律好美；長大後一直唱，是因為深刻體會了歌詞的意思。

從《野玫瑰》中體會；生命不要強求

書中的歌是延用《野玫瑰》的原曲，阿達叔叔根據故事內容重新填詞的。但《野玫瑰》原本的歌詞是德國著名作家歌德所寫的一首詩，他用男孩強摘一朵心愛的野玫瑰，來比喻感情不能強求，勉強的感情只會為雙方都帶來傷害。歌詞內容談的雖然是愛情，但是在我生過一場大病後，漸漸明白，這首歌談的不只是愛情。

那場病讓我原本打算去英國讀博士、讀完回國到大學教書的夢想，完全破滅了。好長一段時間，我覺得自己的人生完蛋了，什麼事都不想做，甚至也不再去教會為小朋友說故事（那是我從高中就很喜歡做的事）。後來，才漸漸從信仰和閱讀的繪本中重新得到力量，開始翻譯書和寫故事。

生病讓我明白，人生有很多事強求不

掃描QRCODE
聽阿達叔叔說故事

來，就算是你很愛很愛的東西，也不一定能得到它，如果勉強一定要得到，最後反而可能會對自己帶來傷害。《野玫瑰》可以是愛情，可以是你最想要的東西，也可以是你一心追求的夢想。

向舒伯特看齊，堅持自己所愛

就像為這首詩譜上優美旋律的奧地利音樂家舒伯特，他從小就展現過人的音樂天賦，也一心想成為作曲家。偏偏因為家裡很窮，他只好和爸爸一樣去當老師。這首歌，就是他在一八一五年的一個下雪冬夜，教完琴回家途中，看見一個穿著破舊衣服的男孩，在街頭賣一本書，他起了憐憫之心買下那本書，後來被書中這首歌德寫的詩打動，在當天晚上譜寫出來的。

舒伯特後來還是成為著名的音樂家，創作了一千兩百多首曲子。而我雖然沒有當成大學教授，卻發現自己最愛的還是「說故事」，所以努力翻譯和創作了好幾百本故事書。

我很喜歡的童書作家伊芙・邦婷曾經說：「有時候，你最後得到的，會比原先想要的更好。」我相信，故事中的魯迪，最後一定也明白這句話的意思了。